POEME

SUR

LE RÉTABLISSEMENT

D'ISRAËL.

POEME

SUR

LE RÉTABLISSEMENT

D'ISRAËL,

PAR CHÉRY MOLINE, Israélite, agé de 15 ans,

Élève de J. J. Leuillette.

A PARIS,

DE L'IMPRIMERIE DE J. B. SAJOU.

Chez Dabin, Libraire, Palais du Tribunat.

1807.

POEME

SUR

LE RÉTABLISSEMENT

D'ISRAËL.

Quel prodige, ô Sion jadis si désolée!
Ta majesté renaît sur la terre ébranlée.
Tu ne présentes plus à nos yeux éperdus,
Ces temples, ces palais, dans la nuit confondus,
Et des siécles perçant l'obscurité profonde,
Le flambeau d'Israël vient éclairer le monde.
Quel peuple tour-à-tour heureux, infortuné,
Tantôt esclave, libre, errant et condamné;
Qui, ferme dans sa foi, puissant par son courage,
Des vices, des vertus, réunit l'assemblage!
Sans cesse poursuivi par la crainte et l'horreur,
Tout n'offrait à ses yeux que l'aspect du malheur.
Un Génie imposant étonna la nature,
Entouré de l'éclat de sa grandeur future.
L'Eternel l'anima de son feu créateur.
Politique profond, savant législateur,

Ferme dans ses arrêts, son habile sagesse,
D'un peuple sous ses lois sut dompter la rudesse.
Seul il conduit ses pas en un vaste désert.
A sa voix l'on voit fuir tous les flots de la mer.
Pharaon est vaincu ; mais la foi des oracles,
De la loi du seul Dieu proclame les miracles.
Environné d'éclairs, de feux étincellans,
Il élève ses bras vers les Hébreux tremblans.
O tribus ! écoutez : sur ce mont redoutable,
Je vais vous révéler un livre impénétrable.
Prosternez-vous, dit-il, la voix de l'Eternel
Vient inspirer Moïse en ce jour solennel.
Contemplez votre Dieu dans sa gloire imposante.
Tout vous dit son pouvoir, sa main toute puissante ;
Qui sait venger le bon, et punir le méchant :
Qui brise l'étendard du guerrier tout puissant :
Cette main dont l'aspect fait trembler le parjure :
Cette main qui s'étend sur toute la nature ;
Qui présente au mortel le soleil éclatant ;
Qui peut le replonger dans l'horrenr du néant.
Tout le monde est rempli de sa magnificence.
Sur le front de l'insecte il grave sa puissance ;
Et vos regards frappés de prodiges divers,
Reconnaissent le bras qui soutient l'univers.
C'est l'Eternel, l'auteur de ce sublime ouvrage.
Des peuples indomptés il dompta le courage.

Dans l'abyme des mers se plongent ses regards.
Il voit tous les humains sur les terres épars.
Il connaît les replis de l'ame trop profonde,
Il sait, embrasse tout, il est seul dans le monde.
Il commande au reptile, au monarque orgueilleux;
Ils sont égaux tous deux, et faibles à ses yeux.
Du barbare en courroux, il brisera les armes.
De l'innocence en pleurs, Dieu séchera les larmes.
Il dit: tout Israël à sa sublime voix
Obéit en silence, et se lève trois fois.
O tribus! déroulant le livre des années,
Je vais vous révéler ces grandes destinées;
Ces siécles tour-à-tour heureux et malheureux.
Israël sous des chefs sera victorieux.
Dans le vaste univers retentiront ses armes.
A ses pieds il verra les rois baignés de larmes;
Et semblable à la mer dont les flots courroucés,
Dévorent de nos champs les trésors entassés,
Ainsi ce fier Géant levant sa tête altière
Foulera ses rivaux traînés dans la poussière.
O prodige! ô Soleil! tu reconnaîs sa voix.
Un illustre guerrier sait te donner des loix.
Une ville s'écroule au son de la tempête,
Et sur le sol brûlant roule à grand bruit sa tête.
Adonisbec puni d'une cruelle mort,
Dans un supplice affreux viendra subir son sort.

L'Eternel sur son peuple étendra la victoire ;
Et ce peuple entouré de l'éclat de sa gloire,
Armé de son seul nom, marchera triomphant.
Des foudres rempliront d'effroi le combattant :
Et la guerre cruelle annonçant ses allarmes,
De l'idolâtre vain, ira frapper les armes.
Partout éclatera le bonheur de Sion.
Le glaive dans les mains paraîtra Gedeon.
Madianites fiers, dans ce jour mémorable,
Vous ressentez les coups de son bras redoutable.
Animé d'un esprit ardent et courageux,
Un Héros brisera ses liens odieux,
Qui, sur les Philistins, détournant sa furie,
A trois mille des leurs enlèvera la vie.
Un jour viendra peut-être, ô peuple d'Israël !
Où tu blasphémeras le nom de l'Eternel.
Comme un torrent fougueux s'écoulera ta gloire ;
Indocile à sa voix s'enfuira la victoire.
Dieu ne marchera plus au milieu des combats ;
Méconnaissant son nom, tu connaîtras son bras.
O David ! tu parais à ma vue étonnée,
Tu viens ; ta nation à gémir condamnée,
S'anime d'un éclat plus vif et plus brillant.
Israël redevient invincible et puissant.
De l'univers entier franchissant la barrière,
Tel que l'astre du jour éclatant de lumière,

Israël sur son char répand sa majesté ;
Un nuage le couvre, il n'a plus sa clarté.
O temple ! ô monument si digne de nos larmes !
Tu seras profané par le sang et les armes.
Avec toi marcheront l'épouvante et l'horreur.
A tes côtés sanglans, le crime et la fureur
Poursuivront de tes pas la course chancelante.
Cette main d'ennemis encor toute fumante,
Traînée indignement dans des fers odieux,
Expiera de son sang la vengeance des cieux.
En vain du grand Cirus la vertu bienfaisante,
Relèvera Sion et sa tête impuissante ;
L'Eternel t'abandonne, et de sa volonté,
Tu suivras les arrêts dans la captivité.
Tel qu'un cèdre orgueilleux qu'une main meurtrière
Renverse sur un sol aride et sablonneux,
Tel pleurant ton bonheur, couché sur la poussière,
Peuple tu gémiras, captif et malheureux.
En vain le grand Judas, de sa tombe imposante,
Elevant sur toi seul une tête puissante,
Arrêterait du ciel les ordres rigoureux.
Où sont donc, dirait-il, ces siécles bienheureux
Où le Juif dispersé de ses tribus errantes,
Se rassemblait au son des conques éclatantes ?
Faible, persécuté, sur le vaste univers,
Je le vois accablé du poids de ses revers.

Quoi ! veut-on le punir d'avoir vu la lumière,
Tandis qu'environnés de l'erreur grossière,
Que l'Egypte, l'Asie, et ce pays fameux
Qui remplit l'univers de ses destins heureux,
Languissaient sous le joug d'une vaine ignorance?
Maintenant Israël languit sans espérance.
Antiochus n'est plus; mais toujours malheureux,
Tout offre à ses regards le sort le plus affreux.
La nature pour lui, si belle, si féconde,
S'enveloppe de deuil dans une nuit profonde.
Il marche sans secours; et ses pas impuissans
Impriment sur le sol ses soucis dévorans.
Mais que vois-je, ô Sion! tu renaîs consolée!
Lève-toi, tu n'es plus captive et désolée.
Viens apprendre à la terre, à l'empire des flots,
Que c'est Napoléon, le plus grand des héros,
Qui du Dieu des humains éteignit la vengeance.
O Sion! tu renaîs dans le sein de la France.
Je vois à tes côtés l'heureuse liberté,
Et de l'aube du jour la touchante clarté,
De l'épais horison chassant les vapeurs sombres,
Dans l'empire des morts fait fuir les noires ombres.
D'un joug avilissant tu sauves Israël.
O Héros protégé des dons de l'immortel!
Entouré de l'éclat de la plus haute gloire:
Qui réveillas toujours les chants de la victoire;

Du prix de tes bienfaits, monument solennel,
S'élève pour toi seul un cantique éternel.
Les siécles béniront ta clarté bienfaisante;
Et de la Vierge en pleurs, la voix simple et touchante,
Viendra pour t'admirer, Monarque vertueux,
Digne, par tes hauts faits, de la gloire des Dieux.
Oui, j'entends une voix qui frappe mon oreille:
Terre réjouis-toi, que ton sein se réveille.
Un peuple, des humains trop longtemps rejeté,
Rentre dans les liens de leur société.
Israël, lève-toi, l'Eternel te pardonne;
Prépares pour lui seul tes chants harmonieux;
Et qu'enfin sous tes doigts la harpe qui résonne,
Célèbre d'un Héros les exploits glorieux.